Kikirikí ★ Quiquiriquí

By / Por Diane de Anda

Illustrations by / Ilustraciones de Daniel Lechón

Spanish translation by / Traducción al español de Karina Hernández

PIÑATA BOOKS

Piñata Books

Arte Público Press Houston, Texas

Publication of *Kikirikí* is made possible through support from the City of Houston through The Cultural Arts Council of Houston, Harris County. We are grateful for their support.

La publicación de *Quiquiriquí* ha sido subvencionada por la ciudad de Houston por medio del Concilio de Artes Culturales de Houston, Condado de Harris. Les agradecemos su apoyo.

¡Los libros Piñata están llenos de sorpresas!
Piñata Books are full of surprises!

Piñata Books
An Imprint of Arte Público Press
University of Houston
452 Cullen Performance Hall
Houston, Texas 77204-2004

Cover design by / Diseño de la portada por Giovanni Mora

de Anda, Diane.
    Kikirikí / by Diane de Anda; illustrations by Daniel Lechón; Spanish translation by Karina Hernández = Quiquiriquí / por Diane de Anda; ilustraciones de Daniel Lechón; traducción al español de Karina Hernández.
      p. cm.
    English and Spanish.
    Summary: Marta and Celia are horrified to learn that their family plans to eat the rooster their abuela brought home, and they set out to save him.
    ISBN 1-55885-382-0 (alk. paper)
    1. Mexican Americans—Juvenile fiction. [1. Mexican Americans—Fiction. 2. Roosters—Fiction.]   I. Lechón, Daniel, ill.
II. Hernández, Karina.   III. Title.
PZ73.D386   2002
[E]—dc21   2002033325
                                                                           CIP

4 5 6 7 8 9 0 1 2 3   0 9 8 7 6 5 4 3 2 1

To my father, Salvador de Anda, who was a strong and nurturing presence
for me and my sons, and whose love for children offered
them comfort and pleasure in his company.
—DdA

To my Cata with lots of love.
—DL

Para mi papá, Salvador de Anda, quien fue una presencia fuerte
y bienhechora para mí y mis hijos, su amor a los niños les
dio bienestar y gozo en su compañía.
—DdA

Para mi Cata, con mucho amor.
—DL

One day Abuela brought home a surprise for the family. It was a rooster with a bright yellow beak, dark shiny feathers, and a tail that ended in a beautiful curly black fan. Its red comb bounced from side to side as she carried him hanging upside down by his feet.

Un día, Abuela trajo una sorpresa a casa para la familia. Era un gallo con un pico muy amarillo, brillantes plumas negras y una cola que terminaba en un abanico de rizos negros. Su cresta roja se movía de un lado al otro mientras Abuela lo llevaba colgado de las patas.

Her granddaughters, Marta and Celia, had only seen pictures of roosters. Now here, right in the middle of the city, was a sleek, handsome rooster strutting across their back yard.

"Look, Abuela, he winked at us," cried an excited Celia.

"Roosters don't wink. They just do everything in quick, little jerks," she replied.

The rooster jerked his head forward and back, and then tilted it from side to side.

"See what I mean?" Abuela said as she went into the house.

Sus nietas, Marta y Celia, sólo habían visto fotos de gallos. Ahora aquí, en medio de la ciudad, había un gallo guapo y elegante paseándose en su patio.

—Abuela, ¡mira! ¡Nos guiñó un ojo! —exclamó Celia emocionada.

—Los gallos no guiñan los ojos. Solamente hacen todo en brinquitos rápidos y pequeños —contestó Abuela.

El gallo tiró la cabeza hacia adelante y atrás, luego la inclinó de lado a lado.

—¿Ya ven? —dijo Abuela entrando a la casa.

Marta and Celia watched the sun throw specks of light across his beautiful shiny feathers. The rooster turned toward the girls and bobbed his head quickly from side to side as his yellow eyes met theirs. Six-year-old Marta decided to greet their new friend.

"Ki-ki-ri-kí, Ki-ki-ri-kí," she crowed in her best rooster-like voice.

"That's it, that's the perfect name," interrupted Celia. "We'll call him Kiki."

But inside the house their parents and Abuela had given him a different name: Sunday Dinner.

Marta y Celia vieron cómo los rayos del sol destellaban en las bellas plumas. El gallo se volvió hacia las niñas y movió la cabeza de lado a lado mientras las miraba con sus ojos amarillos. Marta, de seis años, decidió darle la bienvenida a su nuevo amigo.

—Quiquiriquí, Quiquiriquí —cantó con su mejor voz de gallo.

—¡Ése, ése es el nombre perfecto! —interrumpió Celia—. Lo llamaremos Quiqui.

Pero dentro de la casa sus papás y Abuela le habían puesto un nombre distinto: Cena Dominical.

As Celia and Marta moved closer to the patio door, they heard Abuela say, "I was really lucky. A man at the flea market sold him to me for only fifty cents. Where can you buy Sunday dinner for the whole family for only fifty cents?"

The girls gasped. They could not believe it. Abuela was talking about their beautiful Kiki.

"We've got to do something," cried Celia.

"Let's hide him under my bed," suggested Marta.

"He'll never stay there," replied Celia. "We'd better put him in the closet until we find a better place. You stay here with Kiki. I'll go move our stuff and put some newspapers on the floor."

Cuando Celia y Marta se acercaron a la puerta trasera oyeron lo que Abuela decía:

—Tuve mucha suerte. Un señor en el mercado de pulgas me lo vendió por sólo cincuenta centavos. ¿En dónde se puede comprar una cena dominical para toda una familia por sólo cincuenta centavos?

Las niñas se sorprendieron. No podían creerlo. Abuela estaba hablando de su bello Quiqui.

—¡Tenemos que hacer algo! —dijo Celia.

—Escondámoslo debajo de mi cama —sugirió Marta.

—Nunca se va a quedar ahí —replicó Celia—. Mejor pongámoslo en el armario hasta que encontremos un lugar mejor. Quédate aquí con Quiqui. Voy a mover nuestras cosas y a poner periódicos en el piso.

Celia returned with their clothes hamper. She laid it on its side. She told Marta to make a trail of breadcrumbs for Kiki to follow into the hamper. They watched him peck his way closer and closer. As soon as he jumped inside, they flipped the hamper up and put on the lid. Kiki made a few scratching sounds, then was quiet.

They lifted the hamper together and tiptoed down the path, in the side door, and down the hall to their bedroom.

Celia volvió con la canasta de ropa sucia. La colocó de lado. Le dijo a Marta que hiciera un rastro de migajas hacia la canasta para que Quiqui se metiera. Lo vieron picotear las migajas, acercándose más y más. En cuanto se metió, enderezaron la canasta y la taparon. Quiqui rasguñó la canasta por un momento, luego se quedó quieto.

Juntas levantaron la canasta y caminaron de puntillas hacia la casa, por la puerta del lado y por el pasillo hasta llegar a su cuarto.

They had just slid Kiki out of the hamper into the closet, when their mother knocked and peeked into the room. "I thought you girls were going to stay in the patio and feed the rooster," she said.

"We did for a long time, but we had stuff to do in our room," Celia replied.

Her mother continued, "Well, we don't know what happened to the rooster. Your father looked everywhere, but couldn't find him."

Marta and Celia just stood very still in front of the closet.

Apenas habían sacado a Quiqui de la canasta y lo habían metido en el ropero, cuando su mamá tocó a la puerta y asomó la cabeza. —Pensé que se iban a quedar en el patio para darle de comer al gallo —les dijo.

—Lo hicimos por un largo rato, pero teníamos cosas que hacer en el cuarto —contestó Celia.

Su mamá continuó —Bueno, no sabemos qué le ha pasado al gallo. Papá buscó por todos lados, pero no lo pudo encontrar.

Marta y Celia se quedaron bien quietas enfrente del armario.

All day long and into the early evening, Celia and Marta made short trips into the closet with little treats for Kiki: a half-eaten corn on the cob, some tortilla chips, part of a hot dog bun. That night after they said goodnight to everyone, the girls checked on Kiki one more time.

"He'll need some air," said Celia. "We'd better leave the closet door open a little."

Marta opened the door about two inches and slid the rubber doorstop under the door.

Todo el día y parte de la tarde, Celia y Marta estuvieron llendo al armario con bocadillos para Quiqui: un elote medio comido, unas tostaditas y un pedazo de pan para perros calientes. Esa noche, después de darles las buenas noches a todos, las niñas se aseguraron una vez más de que Quiqui estuviera bien.

—Va a necesitar aire —dijo Celia—. Debemos dejar la puerta del ropero un poco abierta.

Marta abrió la puerta dos pulgadas y la sostuvo con un tope de hule.

About five o'clock in the morning, the sun began to rise in the sky. A beam of light came in the bedroom window right past the sleeping girls and rolled into the opening of the closet door. Kiki stood up, ready to do what all roosters do to greet the morning sun. He stood tall on his bright yellow feet. He stretched his shiny-feathered neck. He threw back his head and began to crow loudly: Ki-ki-ri-kí, Ki-ki-ri-kí, Ki-ki-ri-kí.

Como a las cinco de la mañana el sol se empezó a asomar. Un rayo de luz entró por la ventana del cuarto, cruzó sobre las niñas dormidas y rodó hasta la abertura del ropero. Quiqui se paró, listo para hacer lo que hacen los gallos para darle los buenos días al sol. Se paró muy alto en sus patas amarillas. Estiró el cuello de plumas brillantes. Echó la cabeza hacia atrás y empezó a cantar fuertemente: Quiquiriquí, Quiquiriquí, Quiquiriquí.

The girls were instantly awake. They sat up in their beds. Their hearts were pounding.

"He must want to get out," yelled Celia. "Open the closet door, quick!"

Marta leapt across the floor and threw open the closet door. As more light flooded into the closet, Kiki began to crow louder: Ki-ki-ri-kí, Ki-ki-ri-kí, Ki-ki-ri-kí.

"Sh, sh, sh," the two girls cried as they rushed towards him.

Kiki saw the girls running towards him and dashed out of the closet. He ran about the room flapping his wings, squawking, and crowing.

Las niñas se despertaron de inmediato. Se sentaron en la cama. Sus corazones latían fuertemente.

—¡Seguro quiere salir! —gritó Celia—. Abre la puerta, ¡rápido!

Marta brincó hasta el ropero y abrió la puerta de un jalón. Cuando Quiqui vio entrar más luz, empezó a cantar aún más fuerte: Quiquiriquí, Quiquiriquí, Quiquiriquí.

—¡Silencio! —pidieron las niñas acercándose a Quiqui rápidamente.

Quiqui las vio corriendo hacia él y se lanzó fuera del ropero. Corrió aleteando, chillando y cacareando por todo el cuarto.

Kiki had just jumped up on their dresser when their parents and Abuela entered the room. Everyone was silent for a moment, even Kiki.

"What in the world is that rooster doing in your bedroom?" Papá began. "A rooster isn't a pet, especially in the city."

"I bought him for dinner," Abuela added.

"We couldn't!" gasped Marta.

"But you eat chicken all the time," Mamá replied.

"Yes, but never anyone we've ever met," said Celia firmly.

Quiqui acababa de treparse a la cómoda cuando los papás y Abuela entraron al cuarto. Todos se quedaron callados por un momento, hasta Quiqui.

—¿Qué carambas está haciendo ese gallo en este cuarto? —preguntó Papá—. Un gallo no es una mascota, mucho menos en la ciudad.

—Lo compré para la cena —agregó Abuela.

—¡No podríamos . . . ! —suplicó Marta.

—Pero ustedes comen pollo todo el tiempo —contestó Mamá.

—Sí, pero jamás uno que conociéramos —insistió Celia.

Marta and Celia locked their arms and blocked the way. The adults looked over at Kiki. He jerked his head and winked his eye. The adults looked at Marta and Celia. Tears were welling up in the girls' eyes. Abuela and their parents felt the children's sadness. Suddenly Kiki did not look like Sunday dinner anymore.

Marta y Celia cruzaron los brazos y bloquearon el paso. Los adultos vieron hacia donde estaba Quiqui. Él movió la cabeza y guiñó un ojo. Los adultos miraron a Marta y Celia. Los ojos de las niñas se estaban llenando de lágrimas. Abuela y los papás sintieron la tristeza de las niñas. De repente Quiqui ya no se veía como la cena dominical.

So they all agreed. Abuela put Kiki in a cardboard box for Papá to take to a friend's ranch a few miles outside of the city. Kiki popped his head out for just a second and gave the girls one last wink before they taped the top shut.

Entonces todos se pusieron de acuerdo. Abuela metió a Quiqui en una caja de cartón para que Papá lo llevara al rancho de un amigo, a unas millas de la ciudad. Quiqui asomó la cabeza por un segundo y les guiñó un ojo a las niñas una vez más antes de que cerraran la caja.

When Papá got to the ranch, he took the box to the edge of a large field covered with rows and rows of tall green stalks of corn. He opened the box to let Kiki out. He looked in and saw the bird lying limp and motionless on the bottom of the box.

"There probably wasn't enough air in the box," thought Papá. He knew Marta and Celia would be sad, so he felt sad too as he lifted the lifeless body out of the box and onto the ground. Then he turned to walk to the house and tell his friend what had happened.

Cuando Papá llegó al rancho, llevó la caja a la orilla de un campo cubierto por filas y filas de altos tallos verdes de maíz. Abrió la caja para que Quiqui saliera. Cuando Papá miró adentro, vio al ave tendida en el fondo de la caja, blanda e inmóvil.

"Seguro no había bastante aire en la caja", pensó Papá. Sabía que Marta y Celia se pondrían tristes, por eso él también se sintió triste cuando sacó de la caja el cuerpo sin vida y lo puso en el suelo. Luego se volteó para ir a la casa de su amigo y decirle lo que había sucedido.

Papá had only walked a few feet when he heard a shrill "Ki-ki-ri-kí!" He spun around just in time to see Kiki give him a quick wink, then turn and take happy, dancing steps down the long rows of corn.

Papá sólo había caminado unos cuantos pies cuando oyó un penetrante "¡Quiquiriquí!" Rápidamente se volteó, justo a tiempo para ver a Quiqui guiñarle un ojo y dar vuelta, dando pasos felices y juguetones a lo largo de las filas de maíz.

Diane de Anda, a professor in the Department of Social Welfare at UCLA, is the author of two collections of short fiction for young readers, *The Ice Dove and Other Stories* and *The Immortal Rooster and Other Stories,* and the bilingual picture book, *Dancing Miranda/Baila, Miranda, baila.* Her stories and poems have been published in a number of journals and magazines. She is the editor of the *Journal of Ethnic and Cultural Diversity in Social Work* and has authored and edited numerous articles and books, including *Controversial Issues in Multiculturalism, Violence: Diverse Populations and Communities,* and *Social Work with Multicultural Youth.* She has written several intervention programs for adolescents, including *Project Peace* and *Stress Management for Adolescents.*

Diane de Anda es profesora en el departamento de Social Welfare de UCLA y es autora de dos colecciones de cuentos para jóvenes *The Ice Dove and Other Stories* and *The Immortal Rooster and Other Stories,* y del libro bilingüe, *Dancing Miranda / Baila, Miranda, baila.* Sus cuentos y poemas han aparecido en varias publicaciones académicas y revistas. Es editora de *Journal of Ethnic and Cultural Diversity in Social Work* y ha escrito y editado varios artículos y libros, entre ellos *Controversial Issues in Multiculturalism, Violence: Diverse Populations and Communities,* y *Social Work with Multicultural Youth.* Diane ha escrito varios programas de intervención para adolescentes, incluyendo a *Project Peace* y *Stress Management for Adolescents.*

Daniel Lechón is a prize-winning artist whose works have been collected and exhibited in museums and galleries in the United States and Mexico. Lechón currently resides in Houston, Texas, where he shares his talents as an illustrator for Arte Público Press and continues to produce fine works for exhibit and sale.

Daniel Lechón es un artista que ha ganado muchos premios. Sus obras son coleccionadas y han sido expuestas en museos y galerías en Estados Unidos y México. En la actualidad, Lechón vive en Houston, Texas, donde comparte su talento como ilustrador para Arte Público Press y continúa produciendo obras para exposición y venta.